GUERRE OUVERTE.

Un écrit clandestin n'est pas d'un honnête homme ;
Quand j'attaque quelqu'un , je le dois, et me nomme.

G R E S S E T.

LE seize du mois d'Août, an mille huit cent huit,
Vers le déclin du jour , une heure avant la nuit,
A la requête de Taschereau (Paul-Auguste),
Non sujet à Patente , exception fort juste ;
J'ai , Chevalier, Huissier, bien immatriculé
Au Tribunal Civil , où je suis installé,
Assigné Charpentier , Godet et Compagnie
A comparaître tous lundi, s'ils sont en vie,
Ou l'un d'eux. A défaut leur honnête syndic ; (*)
Honnête ! Pourquoi non ? Le prouver ?... C'est le hic :

(*) M. Hermel , dont MM. Vᵉ. Charpentier , Godet et Compagnie
ne sont que les prête-nom.

A

Mon état me dispense à chercher l'impossible,
Et je n'expose ici que la chose visible ;
Je somme seulement, puisque j'en ai le droit,
Ceux dont on m'autorise à nommer dans l'exploit,
Par devant nos Messieurs les Président et Juges
Du Commerce, où Durand fécond en subterfuges,
S'escrime pour brouiller, tailler à sa façon
Une cause qu'il tient d'un insigne brouillon,
Qui jadis s'esquiva des mains de la Justice : (**)
Son client, son ami, mais jamais son complice ;
Pour voir dire et juger que là, le requérant
Sera d'abord reçu sans obstacle opposant
Au jugement rendu contre lui par surprise,
Faute d'un mot obmis à coup sûr par méprise ;
Qu'alors statuant sur son opposition,
Il soit connu surpris à la religion :
Du Tribunal ; ou bien qu'en tout cas il accorde
Un délai de deux mois avant que l'on aborde
La question de fait ; mais, s'il veut que le fond
Soit plaidé sur le champ, le requérant répond :
Qu'il n'entend, qu'il ne doit nullement reconnaître
Le Tribunal marchand ; et, quoiqu'il en puisse être,
Il se borne en ce jour à demander d'abord
A cette Charpentier, en quel lieu, sur quel bord
A-t-elle déboursé la somme qu'elle exige,
Pour un billet volé? Vol prouvé.... mais, que dis-je ?
C'est bien plus : elle l'a reçu complaisamment
Pour signer un accord, qu'un menteur imprudent

(**) Voyez les notes.

Soumit aux créanciers sous l'égide d'un homme , (*a*)
Qui chez maître Durand échoua, Dieu sait comme !
Malgré ses lieutenants , *Heudron* le vertueux,
Et Dutartre le sot qui voyait tout par eux.
Qui n'a point vu ce bruit , ce fracas , ce vacarme !
Hermel résiste au choc..... mais Dutartre s'alarme :
Il allait s'esquiver , lorsqu'un signe d'*Heudron* ,
En lui montrant Mir-b * * * rassura ce poltron (*b*).

Rentrons dans mon sujet , laissons les épisodes ;
Comme la Charpentier n'est point aux antipodes,
Et qu'il faut pour ces faits une explication ,
On peut bien demander sa comparution ;
C'est un point sur lequel le requérant insiste.
Il veut au Tribunal dérouler une liste
Des créanciers qui tous , comme la Charpentier ,
Ont consenti, couché , signé sur le papier
Cet accord ci-dessus. Accord dont l'existence
Même contre Caïllois rend nulle la créance :
On n'est comptable en rien que lorsqu'on a reçu :
Caillois a-t-il touché seulement un écu ?.....
Un coquin pourrait-il , du jour où la justice
Le tient sous les verroux , engager son complice ,
A poursuivre celui qu'il aurait dépouillé ,
Au moyen d'un billet que le temps a rouillé ?
Caïllois qui l'a souscrit n'en peut être victime.
Le reproduire ici ! c'est ajouter au crime
D'un vieux renard taré , caché sous le rideau ,
Qu'a malgré tout son or, démasqué, Taschereau (*c*) :
Intriguant déhonté , blasé quant au reproche,
Et dont l'œil de travers plongeant dans votre poche,

Alors qu'il vous amene au malheur par degrés
N'aspire qu'à pomper tout ce que vous avez.
Il dirige , il conduit cette infernale intrigue (*d*);
Mais c'est au Requérant d'opposer une digue
A ce débordement qui, quoique limité ,
Compromet ce qu'il aime ; enfin sa liberté.
Qu'on dispose de tout , mais jamais de lui-même.
Il doit dix-mil. francs *en chiffres de Barême* :
Les fallut-il payer ?..... Il les doit à Caillois ;
Sauf à lui contester quels sont sur eux ses droits :
C'est par des procédés qu'on tient à sa parole.
Un mot peut-il avoir la valeur d'une obole ,
Alors qu'il faut juger , non sur ce qu'on a dit ,
Mais sur ce qu'on a fait, constaté , bien écrit ?
Hors de là tout est vague , incertain , sans excuse :
Arêne où Charpentier s'exerce avec la ruse.
Envain nous dira-t-elle , et toujours sans raison ,
Que Taschereau disait aux gens de sa maison :
»Mon magasin, mes draps,mes autres marchandises «.
Il ne peut avoir dit de pareilles sottises ;
Le fait est faux: d'ailleurs on sait dans le quartier,
Mieux encore le syndic , conseil de Charpentier
Et de mille faillis qu'il tira de la fange (*e*),
Qu'il n'entra , n'habita dans la maison du Change ,
Que quand on eut saisi : d'abord tout le cellier ,
Boutique , magasin , meubles jusqu'au grenier ;
Tout en un mot...... hors l'or , une très riche malle ,
Qu'*Hermel* cachait chez lui durant cet intervalle ;
Que la justice enfin découvrit par hasard ,
Et qu'elle fit saisir..... Mais sans doute trop tard (*f*)!

Mais, ce fait fut-il vrai, Taschereau pouvait dire :
Mes draps, mes magasins : de tout cela, le pire
C'est qu'il n'avait alors, de même qu'aujourd'hui,
Ni draps, ni magasins appartenants à lui.
La supposition absurde en elle-même,
N'est donc dans Charpentier qu'un pauvre stratagême,
Qu'au défaut des raisons elle croit employer,
Et dont son Défenseur enfle son plaidoyer (g).
Orateur tout esprit, qu'il répand sans mesure
Sur un billet basé, non sur une facture,
Ou sur un réglement, mais sur une valeur,
Qui n'a point existé, qui n'est qu'une vapeur
Dont il veut toutefois démontrer l'existence,
Tant il sait varier sa subtile éloquence.
Il en fait ce qu'il veut : il vous lèche, il vous mord.
Tantôt c'est un ruisseau que l'on voit de son bord,
Couler si lentement qu'il échappe à la vue ;
Tantôt c'est un torrent que fait gonfler la nue,
Dont le cours tortueux masque, par ses replis,
Comptes, actes, billets, et maint autres écrits
Dont il change l'esprit sans altérer le texte,
Alors que la raison chaque point lui conteste.
Tel et plus grand encor, dans un monde inconnu
Naguere il s'élança comme un balon perdu,
Au bord de l'infini dont il franchit l'espace.
La souplesse a depuis remplacé son audace :
Adroit insinuant, oblique, captieux,
Il escamote un mot à l'homme insoucieux,
Tel que le Requérant, qu'il porte sans replique
Des rives de Permesse au fond d'une boutique,

Dont l'air qu'on y respire , objet de ses dégoûts ,
L'éloigne d'un état étranger à ses goûts.......
Qu'il respecte d'ailleurs , dont il aime le zèle ,
La probité sur tout, sa base naturelle....
Mais où diable vas-tu mon esprit te fourrer ?
Est-ce ainsi qu'un exploit doit ici figurer ?
Quel génie indolent a pu te mettre en tête
Qu'un Huissier à cheval doit parler en poête ?
Comme par toi mon pot au feu bouillerait mal !
T'écouter, c'est, morbleu ! courir à l'hôpital :
Un exploit bien tourné , quoiqu'en mauvaise prose,
Vaut plus que mille vers quelle qu'en soit la cause.
Je t'en veux , mon esprit : moi bon , s'il en fut tel,
De m'avoir déchaîné contre ce pauvre *Hermel* ,
La perle des plaideurs , l'ame de la chicane ,
L'espoir d'un Procureur (*) qu'il charge comme un âne,
D'un fatras de papiers , et d'un in-folio
Qu'il colporte par-tout pour que l'on crie : haro !
Contre le requérant, dont la biographie (*h*)
Obscurcit , mais envain, les beaux jours de sa vie,
Dont il s'enorgueillit, que tout Paris connaît.
Dans ces temps orageux, où tout épouvantait,
Aux risques de périr il sauvait son semblable :
Hermel même à ses yeux n'eût point paru coupable....
Mais quel démon m'agite et m'excite toujours
A rompre à chaque instant, le fil de mon discours ?
J'allais encor porter ou parer quelques bottes.
Pour plus ample informé, renvoyons tout aux notes ;

(*) Robert.

Ne fût-ce que pour voir comment mon Commettant,
Que fait fuir le travail, pour tout indifférent,
Sur le mien pourra-t-il faire un bon commentaire ?
Prétend-il m'en charger, alors que le salaire
Pour un exploit mordant m'est à peine payé ?
Du tableau des Huissiers dussé-je être rayé,
Des Clients tels que lui que le ciel me préserve !
Car par le tems qui court, rien d'eux ne se conserve.
Parlez-moi.... Taisons-nous ? Faisons notre métier ?
  Je demanderai donc à Durand Charpentier,
A quoi bon ces détours où la vérité perce ?
A-t-il, n'a-t-il pas fait à Rouen le commerce ?
C'est l'arme dont il faut frapper le Requérant.
Il n'en a fait aucun, et ce fait est constant.
Mais on a contre lui, dira-t-on, une piece ;
Qu'importe; il en convient lui-même : or, dans l'espece,
Taschereau reconnait avoir dit cette fois,
Qu'il fut l'associé de Marie Caillois ;
Mais il dit qu'il l'était comme commanditaire.
C'est donc à Charpentier à prouver le contraire.
Ei incumbit probatio qui dicit,
Non qui negat. Tel est de notre droit l'esprit.
Dût-on s'en écarter ; notre Jurisprudence
N'admet dans aucun cas une ombre d'apparence ;
Ne préjuge jamais sur un fait, s'il n'est clair ;
A plus forte raison sur un projet en l'air,
Dont l'exécution à jamais différée
Erre dans l'avenir d'obstacles entourée (i).
La justice se tait lorsque la passion
De l'homme aveuglément juge l'intention.

Pourquoi, d'après ces faits et ces motifs ensemble,
Que scrupuleusement ma plume ici rassemble,
Taschereau persistant, demande en même-temps
Son renvoi pur et simple aux Juges-compétens.

———————

Signé LE CHEVALIER ; seulement pour la Prose :
TASCHEREAU pour les Vers ; et chacun a sa chose.

NOTES.

(*a*) Je remercie mon Huissier pour m'avoir fait contracter l'obligation de me charger des Notes dont il parle dans son exploit. Cependant, s'il m'eût bien connu, il m'aurait épargné, paresseux comme je suis, un travail qui d'ailleurs répugne à ma maniere de voir et d'agir. Néanmoins quand je vois un homme dont la fatalité m'a en quelque sorte mis en contact avec lui, qui marchant ou vous égarant, ce qui est pire, dans le dédale de la chicane, trouve par un mot, ou sur un mot, de quoi vous faire sortir des bornes que la bienséance vous prescrit, alors qu'il est question, non-seulement de votre liberté, qui, dès ce jour, est à la disposition d'un misérable Hermel, mais aussi de votre vie, puisqu'il a dit à plusieurs personnes : *qu'il veut se défaire de moi, n'importe comment*, il faut donc opposer à cette intention criminelle, quand tout m'est permis, eu égard à l'attaque, sinon les mêmes armes dont je ne ferai jamais usage, du moins celles de la vérité qui en outre justifieront le titre de ce Mémoire, *Guerre ouverte*, aux yeux de ceux qui ne soupirent qu'après la paix, en exposant dans le manifeste des motifs plausibles, et tels qu'on ne puisse les révoquer en doute, puisqu'ils sont appuyés des pieces justificatives. Entrons en matiere.

Il y a presque deux ans que j'ignorais si un Hermel existait dans ce monde ; des circonstances, qu'il est inutile de rappeler ici, me le firent connaître ; mais sous quels rapports ? Comme un homme profond, propre à vous donner les meilleurs conseils dans un moment de crise ; en un mot comme un Libérateur, un Dieu capable de vous arracher au plus grand des malheurs, et qui, moyennant certains revirements, vous faisait passer d'un état de détresse à une situation telle que votre voiture courant fièrement dans les rues pouvait éclabousser impunément ceux-là même qu'on réduisait à n'aller qu'à pied. Il venait deux fois par jour, au moins, dans la maison de D***, le nom ne fait rien à la chose ; et comme sa physionomie est frappante, qu'elle attire l'attention, un sentiment de curiosité me porta à demander à un fou ce que c'était que ce personnage devant lequel tout

B

à son aspect ; prenait une attitude respectueuse, hors une maudite servante, curieuse et indiscrete, qui, à son égard, savait à quoi s'en tenir ; on me répondit : *» Cet homme! est le plus honnête homme qu'il y ait dans Rouen «.* L'illusion n'a pas duré long-temps ; mais toujours trop, puisque, mieux informé, j'aurais peut-être pu empêcher qu'un extravagant ne courût se précipiter dans un abyme de malheurs dont lui-même a frisé la surface. Il savait cependant, cet honnête homme, s'il en fut, que D*** ne pouvait point manquer sans courir les plus grands risques ; que ses livres, image de sa tête, n'offraient que désordre et confusion. N'importe, en Guerrier expérimenté, qui ne s'effraie de rien, il commence par se couvrir, et immensement au-delà de ce qui lui était dû, prépare ensuite ou fait préparer, faux ou vrai, une espece de bilan monstrueusement pompeux, où tout éblouit, que sa dupe, alors à Saint-Lo pour dettes, eut la faiblesse de signer. Muni de ce chef-d'œuvre, dans lequel il s'admirait, fier de ses nombreux succès en pareilles occurrences, et plein d'ailleurs de l'idée qu'il y avait chez D*** beaucoup à moissonner encore, alors que le diable lui-même aurait inutilement glané dans un champ, où Heudron avait dès long-tems semé le *désintéressement* dont l'effet dévore la cause, il se pré-sente chez maître Durand escorté par ceux dont il est parlé dans l'exploit. La compagnie, ou assemblée, était plus nombreuse qu'on ne l'avait supposé ; mais on avait, au besoin, le mot d'ordre ; tout s'arrange en conséquence ; H****, M**, G**, D***, etc. etc., sont pla-cés de maniere à s'emparer des postes où il y aurait de la résistence. Leur chef, après avoir gravement salué tout le monde, tire de sa poche un volumineux rouleau de papiers, y cherche ceux qui sont à l'ordre du jour, et lit un discours où il expose le pour et le contre, l'avantage et le désavantage qui doivent nécessairement résulter des propositions qu'il soumet ; vous montre sur la route du temps une pers-pective d'autant plus satisfaisante qu'elle ne laisse rien à désirer ; mais en même-temps il insinue, comme par zele et attachement pour les intérêts de la masse, qu'il faut, afin que tout arrive à bien, nommer un Syndic qui soit laborieux, et connaisse sur-tout la situation des affaires de la personne dont il est question, au cas qu'on ne jugeât pas à propos de lui accorder le délai qu'elle demande.

Tout allait au mieux, tout abondait dans le sens de ce Négociateur consommé, et il n'était plus question que de signer.... Mais ne voilà-t-il pas qu'un maudit Fabricant , que je crois de Darnétal , brave homme cependant , poussé , excité par un quidam qui en voulait à Hermel , dont le gendre lui avait fait perdre une portion de ce qui constitue la fortune brillante de son beau pere , se ravise , fait les cent coups , et renverse, de fond en comble , ce qu'on avait laborieusement construit ?

> Hermel épouvanté , prêt à perdre courage ,
> Voit encore un moyen pour conjurer l'orage.
> A ses hardis Marins les signaux sont transmis ;
> On s'embarque, on louvoie avec les ennemis :
> Heudron le courageux , que la fureur transporte ,
> S'acharne le premier sur une bête morte ;
> Exhume ses forfaits ; et , par comptes courants ,
> Il prouve , à qui le croit , qu'il perd vingt mille francs.
> Hermel , en l'écoutant parut être sensible ,
> Et Dutartre pleurait quoiqu'il soit impassible.

Cette comédie dont les rôles avaient été soigneusement préparés , fut si bien jouée , que les Acteurs furent demandés. Durand alors , armé d'un rire mécanique , s'empare de cette heureuse disposition des Créanciers , et les détermine à nommer pour Syndic , *Hermel* ; et pour Commissaire *Heudron* , à qui on associa , pour tranquilliser ceux qui donnaient à regret leur suffrage , Mr Mirbeau.

Dutartre , à qui on avait fait acroire , que de telle maniere qu'on fût chargé de la chose , *on aurait la chose*, pouvait à peine contenir sa surprise, en voyant que tout allait au mieux , graces à Heudron qui , pour l'empêcher de s'enfuir, lui glissa à l'oreille ces mots expressifs : » Restez-donc , ou le complot est découvert «.

Je renvoie aux pieces justificatives l'acte qu'on rédigea sur le champ, dans lequel le Syndic s'arroge une dictature sans bornes sur la caisse, et généralement sur toute autre chose , sans être obligé de rendre des comptes qu'à sa volonté....... Il était tard , et l'impatience fut cause que tout se passa comme on l'avait projetté. Qu'on me demande maintenant comment il arrive qu'on puisse faire fortune sans courir aucun risque ? J'enverrai le questionneur aux Créanciers des faillis , et quelquefois aux faillis mêmes.

(*b*). Ce n'était rien que les craintes de Dutartre à l'assemblée de

Créanciers, en comparaison de celles dont Hermel fut peu de jours après assailli ; il apprend , ou il soupçonne qu'on avait découvert la malle et autres objets qu'il recelait chez lui ; et telle était son inquiétude qu'il ne savait où donner de la tête , au point qu'il avoue tout à Dutartre , et lui demande quel remede appliquer à un mal aussi périlleux.

» Un sot quelquefois ouvre un avis important «.

» Le remede ! *lui répondit-il* , il est tout simple ; renvoyez tout cela
» chez mon gendre , où l'Huissier-saisissant n'a pas encore fini sa
» besogne ; il ajoutera ces débris précieux du naufrage aux autres
» débris qu'il ramasse scrupuleusement , même ceux qui m'appar-
» tiennent , ce qui me confirme dans l'idée qu'il saisira aussi ceux
» dont vous paraissez tant embarrassé «.

Soit regret de lâcher ce qu'on tient , n'importe comme cela est venu , soit peut-être qu'Hermel étant informé qu'on savait tout dans la maison de la rue du Change , et craignant avec raison qu'on ne voulût y recevoir cette marchandise prohibée , le conseil prudent de Dutartre ne fut point suivi au pied de la lettre ; mais on s'empara toujours de cette idée lumineuse , à laquelle néanmoins le manque de mémoire fit perdre ce qu'il y avait d'essentiellement bon en elle, pour que , dans aucun cas , les conséquences qui en dérivent ne fussent point justiciables.

Comme ce fait prête à de grands développemens , et qu'il tient en quelque sorte au fameux procès que cinquante Créanciers réunis ont intenté à Hermel , je me garderai bien de l'approfondir , et de faire entrevoir ici quel en sera le résultat.

J'ai promis d'ailleurs d'être extrêmement circonspect sur cet article envers un homme qui , s'entortillant dans les formes pour dénaturer les fonds , a non-seulement l'habitude de tout prendre , là où tout peut lui servir , mais qui en même-temps jouit d'une certaine réputation que j'aime à considérer comme un outrage à la Justice , parce qu'elle prête à la calomnie , à des suppositions absurdes , à des moyens qui ne sont autre chose en lui que l'effet de l'astuce et de l'intrigue , afin d'obtenir des jugemens surpris à la religion des Juges.

C'est sous ce point de vue que j'envisage mon redoutable Adversaire , en avouant toutefois , pour me conformer à l'opinion reçue »

que je le regarde aussi comme le plaideur le plus rusé que l'on connaisse ; ce qu'on ne peut du reste révoquer en doute, eu égard à ses innom-
brables travaux en ce genre, et à la foule de procès dont il a triomphé,
mais :

» Tant va la cruche à l'eau, qu'enfin elle se brise «.

Voilà pourquoi je puis, ce me semble, dire un mot sur la manière
dont le conseil de Dutartre fut suivi, sans que pour cela les cinquante
Créanciers dont j'ai parlé me reprochent d'avoir mis en garde mon Anta-
goniste, pour qu'il pare encore ce coup, qui, au demeurant, n'est rien
en comparaison de tant d'autres que leur Avocat, armé de mille pieces,
doit lui porter en temps et lieu.

Heudron lui parut être l'homme convenable pour lui aider à se tirer
de ce mauvais pas ; et il congédie Dutartre sans lui recommander le
silence: oubli impardonnable, répréhensible, alors qu'on est la pru-
dence même ; mais il est des situations où le diable, tout diable qu'il
est, se trouverait en défaut ; et, puisqu'il en est ainsi, je rends à Hermel
sa réputation colossale que cet incident aurait pu obscurcir.

Heudron court donc chez l'Huissier-saisissant, où il ne fut point ;
Hermel trouve en même-temps l'Huissier-saisissant au Tribunal d'Appel, où il n'était point ; cependant tous les deux, parfaitement
et visiblement d'accord, font une déclaration infiniment plai-
sante, puisque tous les deux déclarent avoir parlé à l'Huissier-saisissant dans un seul et même endroit ; et ce qui ajoute beaucoup à la
vérité de ce fait, c'est que l'Huissier-saisissant déclare à son tour que
c'est à l'Eglise, par exemple, qu'il croit qu'Hermel et Heudron lui ont
pu dire telle chose, qu'il se garde néanmoins d'assurer comme chose po-
sitive.... mais tant il est vrai de dire que souvent c'est des contradic-
tions les plus frappantes que sort la vérité, aussi rien ne fut depuis
mieux demontré, qu'Hermel n'avait point menti, qu'Heudron en était
incapable, et que l'Huissier-saisissant avait une mémoire angélique.

Comme il n'est point dans mon caractere d'injurier personne, que je
n'oppose de résistance que lorsqu'on m'attaque injustement, que, lorsque je vois ma liberté et ma vie, peut-être, à la merci de ceux qui
n'y ont aucun droit ; je n'entends avoir des démelés qu'avec Hermel et deux de ses intimes amis qui, pour me nuire, le servent à mer-
veille ; alors:

La défense est un droit, souvent même un devoir.

Mais je dois en même-tems déclarer que, s'il m'arrive, afin de mieux
éclaircir un fait, de parler des personnes dont la présence le rend pal-
pable, que je suis loin de vouloir même laisser planer un doute sur
celles dont les intentions me paraissent honnêtes, ou sans conséquence, quels qu'en soient les résultats. Il en est ainsi à l'égard de
l'Huisier – saisissant dont j'ai dû dire un mot, en avouant toutefois que je suis certain qu'il n'était nullement dans la confidence de
ces deux aigrefins, et que je le crois autant au-dessus de leurs misérables manœuvres que le nom qu'il porte : mais ce qui prouve encore plus
que je ne me trompe point dans mes conjectures, qui à mes yeux sont
des vérités, c'est que les Commissaires, chargés des poursuites du grand
procès contre Hermel, l'ont choisi pour leur Huissier dans cette affaire.

(*c*) C'est un peu trop, et ce serait un fier mensonge de ma part,
qui pourrait passer en proverbe, que de me vanter d'avoir démasqué
un homme que tout Rouen et ses environs connaissent depuis long-
tems, et auquel ils rendent, quant à son savoir faire, complétement
justice..... A propos d'une autre justice, je me souviens bien qu'un
Juge, alors Directeur du Jury, dont l'inflexibilité lui a fait passer de
très-mauvais momens, disait : *il y a au moins dix ans qu'elle le cher-*
che : à la fin nous allons voir, alors que le délit est manifeste, comment
il se tirera encore de ce faux pas. Pour qu'il ne s'en tirât point, le
moyen était simple et infaillible ; on nous réprésente l'occasion appuyée
sur un rasoir, situation ingénieuse ; il fallait donc se saisir d'abord du
renard, et le mettre en lieu de sûreté : on le pouvait. Mais on a cru
qu'il reviendrait de lui-même, ou du moins par une sommation redoutable, à laquelle néanmoins l'homme, qui n'a rien à se reprocher, obéit
toujours ; mais lui ! du diable..... Il me semble le voir courir encore.

Encore — je le donne au plus fin de l'atteindre maintenant.... Pourquoi non ? Pardon, je me trompe : n'a-t-il pas laissé derriere lui un
paquet dont il aurait dû se charger avant tout, et pour lequel il est toujours, civilement parlant, responsable ? Pour anéantir l'effet, il fallait
d'autant plus ne pas exposer la cause, que c'est son avidité seule qui
l'a précipité dans l'abyme : où l'action publique a lieu, l'action
civile en est inséparable, comme il est vrai de dire qu'il ne faut point
courir après un argent irrévocablement perdu ; à plus forte raison après

celui qui ne nous appartient pas , et qu'il est dangereux même de toucher. J'en atteste ces paroles foudroyantes que M. le Président du Tribunal Criminel prononça à l'Audience , et en présence de mille auditeurs : » Hermel , *lui dit~il* , *en montrant l'Accusé* , votre place était là «. Que peut-on dire de plus ? Rien , certes. C'est un Jugement moral , qui imprime un éternel blâme sur celui qui en est l'objet , et qui prouve jusqu'à l'évidence :

» Que souvent l'un se perd où l'autre s'est sauvé «

Néanmoins tel est l'entêtement de certaines personnes qu'on en a vu , en cette circonstance , se persuader jusqu'au dénoûment de la pièce , que c'était l'un à la place de l'autre , que l'on voyait figurer sur la scène , tant la lecture de l'acte d'accusation avait frappé leurs yeux , et prêtait à cette méprise ; au point que ce Colloque eut lieu alors là même ;

» Le voilà ! — Qui donc ? --- D***. —Non , Monsieur , c'est Her**l.
» — Vous vous trompez. — Tant pis ! qui n'eût vu là sans peine ,
　　　» Au lieu de ce fou criminel ,
» Celui qui lui prit tout , hors sa part à la chaîne «.

(*d*) Ce n'est point ici que je dois m'étendre sur cette note. J'ai trop à dire : et d'ailleurs lorsqu'il est question d'être responsable , *et par corps* , d'une somme de quarante cinq mille francs au moins , sans compter les frais et les intérêts ; somme que je ne dois ni directement ni indirectement , que personne en outre n'a touché ni reçu la moindre valeur pour ces effets , dont on ne sait que trop comment il ont été enlevés…. *peut-être* par le conseil de l'homme qui en ce moment me poursuit , quoiqu'il sache bien qu'en dernier résultat , c'est lui qui paiera tout , et qu'il sache aussi que moi je pense que c'est encore un bonheur qu'il puisse en être quitte à si bon marché , il faut bien , dis-je , ajourner toute réflexion là-dessus , et renvoyer tout au Mémoire , concernant cet inconcevable procès , qui paraîtra incessamment , afin que le Tribunal qui doit en connaître , juge en connaissance de cause cette affaire tacitement travaillée par mon Adversaire…… Il n'oublie rien ; à force de chercher et de faire chercher , il a enfin trouvé une caution que l'on me signifie en ce moment même. Je cours m'informer quel est ce diable d'homme qui a bien voulu cautionner un Hermel……. Peste ! je m'en veux de n'avoir pas deviné qui : c'est presque de la famille , et tout justement un de ses anciens Commis, que je me garderai bien de mettre en parallèle avec son ancien Patron, car je n'ai point l'honneur de le connaître ; aussi me suis-je empressé de courir au Greffe du Tribunal de Commerce ; et là, dire que je conteste formellement cette caution. Bien m'en a valu, car maître Durand, infatigable *à mon égard*, allait me faire signifier dans le jour cet acte de cautionnement avec priere, *sans doute*, de le déposer à la Mairie, tant cet homme est délicat et fin. Hé ! Monsieur, attendez au moins que mon Imprimeur ait fini d'arracher de ses Presses les Préliminaires de mon manifeste, que le temps m'empêche d'achever ; mais qui paraîtra tout-à-fait, si Dieu m'accorde vie, et qu'on ne se défasse point de moi, *n'importe comment*, le jour même où les hostilités devront commencer pour le grand procès de cinquante Créanciers ; coalition indivisible dont, malgré son impatience, se ralentit la marche guerriere, pour que tout aille par points et virgules.

(*e*) Dieu me préserve de dire un mot de plus sur cet article. Je ne veux point me faire des ennemis dans aucune classe de la Société, à plus forte raison parmi les personnes qui se trouvent si bien des bons offices qu'Hermel leur a rendus. Je pourrais tout au plus parler de celles dont il a précipité la perte, sans toutefois me permettre rien d'injurieux contr'elles ; mais seulement pour démontrer qu'il est propre à tout : pour ma part, j'en suis bien persuadé, et je ne suis pas le seul qui pense ainsi.

Au reste, il n'était pas dans mon intention de nommer qui que ce fût, en traitant ce chapitre, pas même son gendre qu'il fait courir, à crever de fatigue, chez maître Durand, au Tribunal ; et ailleurs pour que la procédure marche suivant ses désirs ; car c'est assez que d'avoir le beau père à dos ou sur le dos pour me charger encore d'un nouveau diable, avec lequel il est bon d'ailleurs de vivre toujours en paix.

Cependant on verra, dans les pieces justificatives, Nº. 4, une Pétition à son Excellence, Monseigneur le Grand Juge, Ministre de la Justice, signée par une partie de ces mêmes Créanciers qui aujourd'hui poursuivent civilement Hermel, où il est question des faillis opulens. Comme elle me paraît extrêmement bien faite, bien raisonnée, et qu'il est à ma connaissance qu'elle fut favorablement accueillie, au point qu'on ne doutait guère qu'elle n'eût un heureux succès, j'ai pensé qu'elle ne sera point déplacée ici, quoiqu'elle n'apprenne rien
de

de nouveau à Hermel qui , courant en Poste à Paris , s'y trouva à propos pour s'en faire délivrer , à ce qu'on présume , une copie en forme d'expedition.

> Il repart aussi-tôt , tout fier de son affaire.....
> J'y fus pris : j'avais cru bonnement le contraire,
> Tant il est vrai qu'il faut , soit en mal , soit en bien ,
> Attendre tout du temps , et ne jurer de rien.

Oui ou non , je n'en restai point là ; je demandai des explications ; on me parla d'un certain rapport , infiniment avantageux , qui venait de je ne sais où , mais que je suppose de Rouen. Il me ferma la bouche. Revenu de ma surprise , je voulais monter derechef à la principale source avec une nouvelle Pétition , parce que je savais combien S. E. le Grand Juge , Ministre de la Justice , avait pris en considération l'autre. Mais une observation qu'on me fit , que toujours les Créanciers auraient l'action civile à exercer , me détourna de ce dessein.

(f). C'est un fait connu quil est inutile de rappeler ici , puisque , les débats, durant l'instruction du procès, n'ont laissé aucun doute là-dessus.

C'est cependant cette maudite malle , que je croyais à Paris , qui est cause que je suis en guerre avec Hermel. Il pense que c'est moi qui découvrit tout , et il se trompe , car je n'eus connoissance de cette espiéglerie que par Dutartre ; et je me rappelle que ce même jour, vers les trois heures , Monsieur le Magistrat de sûreté , que je rencontrai dans la rue Beauvoisine , m'en parla aussi. J'avoue que les réflexions me vinrent en foule ; et , à ma honte d'aimer à douter de tout, elles aboutissaient toujours à me faire cette question à moi-même : *Hermel, Syndic ; Hermel qui a fait recenser une saisie , et qui ne dit rien de ce qu'il cache chez lui ! c'est impossible à croire.* Je raisonnais comme un sot : il est vrai que je ne connoissais point l'homme.

A peine quelques Créanciers furent-ils informés que cette malle avait été renvoyée du Parquet de Monsieur le Magistrat de sûreté à son *adresse* , et qu'on eut entendu ces paroles , prononcées avec l'accent de l'indignation : *un D*** n'auroit qu'à dire qu'elle renferme cent mille francs,* qu'ils coururent à leurs Huissiers respectifs ; et, dès ce moment, les oppositions tombèrent chez Hermel , qu'il en fut tout étourdi. » Où en » serais-je, *disait-il, dans une lettre qu'il écrivit le surlendemain à* D***, si je

C

» vous avais cru ? Je ne vois que des Huissiers dans ma maison , où
» les oppositions y pleuvent «.

Le bruit de cet événement extraordinaire parvint en même-temps aux
oreilles des autres Créanciers ; ceux de Darnétal , moins polis , mais
mieux avisés , se constituent tout à-coup parties plaignantes. Et tout
cela se fait , se passe à mon insu. Néanmoins Hermel , au milieu de tant
d'embarras , n'a vu que moi , et persévérant dans cette idée , à en juger
par les querelles qu'il me suscite , il s'obstine à croire que c'est encore
moi qui , en dernier lieu , ai rallié contre lui cette masse imposante
de Créanciers , dont il a cherché inutilement à diminuer le nombre.
C'est encore une erreur de sa part ; et , pour ne plus le laisser nager
dans une mer de doutes , je veux bien lui apprendre que ce sont , au
contraire , cinq respectables Fabricants de Darnétal , munis de bonnes
Consultations , qui seuls allaient lutter contre lui , l'attaquer corps à
corps. Voyant de si braves dispositions , et aimant les gens qui ont du
courage , je leur conseillai de différer l'assaut ; et bientôt après je leur
amenai des renforts , afin de s'assurer davantage de la victoire. Je fis
plus ; au moment où nous nous occupions à dresser le plan de la cam-
pagne qui allait s'ouvrir , un traître , nouveau *Sinon* , voulait se glisser
dans nos rangs ; je le signalai : il fut chassé ignominieusement.

Voilà le seul acte ostensible que je me sois permis contre Hermel ,
dans la personne d'un de ses lieutenans , le vertueux Heudron. Ai-je
tort ? Sur-tout après mille gentilles manœuvres que , depuis environ deux
ans , il dirige et fait agir contre moi ? A la fin fatigué de tant de
rapports , venant d'ailleurs de bonne source , je crus , pour mettre , une
fois pour toutes , un terme aux misérables moyens qu'il employait , lui
transmettre un avis , et pour être mieux entendu je me mis à la torture
pour le renfermer dans ce rondeau :

Hermel m'en veut ; il m'attaque , il a tort :
Mieux vaudrait-il pour lui qu'il fît le mort ;
Qu'il disparût , comme il a fait naguère
Pour se soustraire au sort de son confrere ,
Dont il avait caché le *cofre-fort*.
Le malheureux va droit à Rochefort
Expier seul son crime involontaire !

Pour le sauver ayant fait maint effort,
      Hermel m'en veut.
Du marché vieux il a frisé le bord :
Pris sur le fait, fut-il preuve plus claire ?
Mais, qu'il est loin de rentrer dans le Port !
Cent Créanciers en défendent l'abord :
Et comme ils vont poursuivre le Corsaire,
      Hermel m'en veut.

Nonobstant cet avis salutaire, il n'a point discontinué de me tracasser, de m'égarer dans le dédale de la chicane, son séjour habituel ; et cela, pour arriver aux moyens de lâcher à mes trousses une espece redoutable d'Huissiers, plus à craindre qu'aucun dogue qui du moins vous laisse après vous avoir mordu.

(g) Cette Note n'est autre chose qu'un renvoi pur et simple, et un retour sur moi-même, pour faire mes excuses à M. Durand, à qui je rends toute la Justice qu'il mérite. Mon Huissier en fait de même, et il avoue, en même-temps, qu'il l'a trop vanté dans son exploit. C'est bien vrai ; et il serait injuste d'induire à erreur qui que ce soit ; car, si l'on prenait au pied de la lettre ce qu'il en dit, il n'est point dans la ci-devant Basse et Haute Normandie, un Plaideur de mauvaise foi, un Frippon sur-tout qui voudrait se faire payer des billets volés, et pour lesquels il n'aurait rien déboursé, un Chicaneur enfin, qui n'accourût chez lui, et qui ne briguât l'honneur d'être son éternel Client.

Puisque je suis sur le chapitre des excuses, j'en fais de bien sinceres à M. Dutartre, vu qu'il n'a d'autre tort que de s'être laissé mener par le nez par deux intrigants tarés, et de ne m'avoir pas cru, lorsque je lui prédis les conséquences funestes qui devaient nécessairement résulter de l'assemblée qui eut lieu chez Me Durand ; mieux eût valu mille fois, que d'aller là, se faire échauder de rechef par Heudron pour huit mille francs, voire se laisser plutôt rafler une Maison, telle que celle qu'il a subtilisée à la bonne et laborieuse mere, avec le Jardin, la Prairie et la Forêt.

Enfin, pour que ce retour sur moi-même embrasse presque tous ceux dont il m'a fallu parler, je demande pardon à M. Heudron de m'être occupé de lui, quoique je sois sûr, rancunier comme il est, qu'il ne me pardonnera jamais , et plus sûr encore qu'il ne m'escomptera , telle satisfaction que je lui donne , aucun billet , pas même , d'après son ancienne habitude , à six pour cent par mois. Peu m'importe ; je n'ai pas besoin de numéraire : j'ai fait vœu de pauvreté , et je m'en trouve bien. C'est ce qui cependant étonne Hermel , riche de vingt-cinq mille livres de rente , et au-delà ; il ne conçoit pas comment un homme , qui n'a pas plus d'argent qu'un ci-devant Capucin, ose seulement lever les yeux sur lui. Que serait-ce donc si cet homme avait sa fortune ?... Que ferait-il, en un mot , si par malheur , car tout est possible dans ce monde , il se fût oublié en pareil cas jusqu'à ce point ?.... Qu'aurait-il fait ?. Il aurait vîte , pour effacer cette vilaine action , payé tout , et se serait estimé encore heureux , puisqu'il aurait dispensé la Justice de faire la moindre recherche sur un délit semblable. Moyen unique pour étouffer tout , puisque tout autre aurait prêté aux réflexions , à cette apostrophe qui, en rendant hommage à la vérité , honore le Magistrat intègre qui , du haut de son Tribunal , l'applique à Hermel : *Vous vous en êtes tiré* ; *tant mieux pour vous : et je veux ignorer les moyens dont vous vous êtes servi.*

(*h*) O, pour le coup ! c'est ici qu'il faut de la mémoire pour remonter à une époque , sur laquelle la rapidité des événemens a fait rouler des siecles. Epoque qui ne laisse que des souvenirs affreux, lesquels doivent éternellement nous porter à faire des vœux pour qu'elle ne reparaisse jamais sous un aspect quelconque.

Il n'est rien de plus commun , parmi les gens portés par inclination à secourir le malheur , que d'oublier le bien qu'on a fait ; mais il n'en est pas de même à l'égard du mal : on s'en souvient toujours. Aussi je fais un appel à l'opinion publique qui accuse ; j'invoque sur-tout ou je provoque le témoignage de tout Paris , qui , dans ce tems désastrueux, m'a vu sur ce volcan terrible , où l'humanité m'avait assigné un poste que je n'ai point déserté , si , dis-je , il se trouve dans cette cité immense un homme qui puisse m'accuser en connoissance de cause que j'ai fait ou fait faire du mal à qui que ce soit , quelle que fut sa maniere de penser alors , je consens qu'Hermel , lui-même , soit mon accusateur public , et j'adopte d'avance ses conclusions, pour qu'on me jette la pierre.

Il sait bien , lui , que ce que j'affirme est véritable ; car pendant un long séjour qu'il a fait en dernier lieu , à Paris , il a fouillé dans

tous les coins et recoins de cette vaste capitale , afin de déterrer quelques faits qui déposassent contre moi , soit dans ma vie privée , soit
dans ma vie publique. Comme il arrive qu'il prend toujours quelque chose ,
à force de faire et d'ordonner des recherches , il a trouvé enfin ; quoi ? Un
gros dictionnaire biographique des grands hommes , qu'un homme qui ne
le sera jamais , M. Robert , colporte par tout ; ouvrage imprimé
d'abord, en 1795, à Hambourg, où l'esprit de parti a entassé mensonge sur
mensonge ; et que la cupidité a fait réimprimer depuis à Paris , avec des
augmentations et des changemens admirables , au point qu'il est impossible de s'y connaître. Pour ma part , dans l'article qui me concerne , je
n'ai vu qu'une vérité ; c'est que j'étais l'ami de R*****. On aurait dû
ajouter seulement dès le commencement des Etats-Genéraux , jusqu'au
jour où il fut envoyé en Espagne.

Au reste, quoiqu'il en soit de cette amitié , qu'aucune considération
humaine ne me ferait désavouer, attendu que son influence a tourné
toute entière au profit du malheur persécuté, je me borne de répon-
dre par cette question à celui qui voudrait m'en faire un crime : Que
la moindre de mes actions d'alors vaut plus que la plus belle de sa
vie, en supposant toutefois qu'il en ait fait une qui puisse souffrir la
comparaison. Je lui en connais beaucoup d'actions ; mais elles sont
d'une toute autre nature ; et si jamais l'on voit paraître un Dictionnaire biographique des grands C**** d'une espece rare , comme à la
lettre H un article sera curieux à lire !

Avant d'en finir sur la biographie , il faut bien , raisonnablement
parlant , dire un mot sur M. Robert , qui colporte en tous lieux
ce volumineux ouvrage dont le Gouvernement a défendu la vente ,
en ordonnant que les Editeurs et Imprimeurs , et même les Colpor-
teurs , fussent recherchés. Comment n'a-t-il pas prévu que sa mé-
chanteté , bien caractérisée , me mettrait dans la nécessité de chercher
s'il n'existe point aucun Dictionnaire , où son nom soit en toutes
lettres ? Graces à plusieurs de ses confreres , mes recherches n'ont pas
été infructueuses. Il en existe en effet un , imprimé à Bergame : c'est
celui des *Arlequins et Paillasses.* J'ai couru sur la lettre R ; et , si je ne
me trompe , j'ai cru reconnaître mon homme dans ce portrait :

» Nul ne fut plus que lui le jouet du destin :
» Bravant tous les mépris pour répousser la faim ,,

» On l'a vu sur les Quais misérable *Paillasse* ;
» Aux soufflets, aux crachats tendre gaiement la face ;
» On l'a vu tour-à-tour gougeat, recors d'Huissier :
» Son dos conserve encore l'emprinte du métier.
» Tout-à-coup son sort change. Une fille bien née,
» Par un amant perfide autrefois abusée, (*)
» Avait quitté l'amour pour rechercher l'hymen ;
» R**** l'aime, il lui plaît, elle accépte sa main ;
» Lui porte une ample dot avec un cœur fragile.
» Le recors se décrasse, et dans le monde brille.
» Bientôt il fut C..... le vit et l'écrivit ;
» Répudia la dame ; et soudain la reprit :
» Heureux de recouvrer une commode aisance,
» Mon R**** prend un ton, des airs de suffisance ;
» Il intrigue au Palais : il devient Procureur ;
» S'enrichit, et prétend être un homme d'honneur.

Vous auriez bien tort, Mᵉ Robert de m'en vouloir en aucune manière ; car jugez de la différence qu'il y a entre vous et moi : les vérités qu'on a imprimées, vous concernant, ne prêtent qu'à rire ; mais les mensonges biographiques que vous colportez à dessein, et d'après l'ordre de votre vindicatif Client, ne tendent à rien moins qu'à me faire lapider par la plus horrible des méprises.

Au demeurant, si j'eusse eu *l'honneur* de vous connaître, lorsque vous, *pour conseiller Hermel*, vous vous trouvâtes avec les Commissaires délégués par les cinquante Créanciers en question, chez Monsieur Bourdon, Juge de Paix ; et moi (dont ces Commissaires n'avait nullement besoin pour conseil, vu que leur affaire est toute simple et n'a besoin que d'aller en avant), pour contempler la mine louche, les gestes récréatifs, et les embarras sur-tout, que tout décelait, de votre craintif Client.... Craintif ? C'est le mot pris dans toute la force du terme, puisqu'il ne voulut rien dire, rien faire, pas même entrer en conciliation, que vous ne fussiez présent ; si je vous eusse mieux connu,

---

(*) Ce vers et celui qui finit par le mot brille, manquent quant à la rime : ils sont ainsi dans le Dictionnaire.

dis-je , je vous aurais si bien arrangé , que la biographie serait tom-
bée de vos mains tremblantes ; et tout aurait été fini avec vous ,
en vous souhaitant un bon soir , comme je vous le souhaite
encore.

J'aime bien à rappeller cette circonstance, afin de démontrer visiblement à ces mêmes Commissaires, présens alors , et pour qui j'écris ,
plus que pour moi, ces notes, combien les moyens de cet Hermel sont
faibles, et ses craintes fortes , puisqu'il se fait suivre et appuyer par
un Robert, qu'il met son volumineux esprit et celui de son Procureur
à contribution , même pour une affaire purement de forme , une comparution volontaire (aussi a-t-il paru), où il n'était question d'autre
chose que de dire : *il y a , ou il n'y a pas lieu à conciliation*. Mais comme
il connaît le cœur humain , qu'il sait que l'homme tracassier , et qui
passe dans l'opinion pour être fin et rusé, parvient à décourager quelquefois le Fabricant , le Négociant , le Propriétaire , en un mot tout,
car il attaque tout , à la seule idée de lutter contre un géant auquel la
chicane lui à fait décerner mille couronnes au moins , et qu'on voit
courbé sous le faix d'autant de Jugemens rendus en sa faveur , voilà
pourquoi il ne néglige rien, parce qu'il sait aussi qu'un simulacre d'ap-
pareil en impose ; et c'est pour cela que son Robert , bien paré , bien
beau , marche toujours à ses côtés , position la seule convenable, par rapport à sa vue , pour le faire aller , manier à son gré, comme un manequin.

Voilà l'homme en mignature ; mais ses traits s'agrandissent suivant
les circonstances , comme dans celle-ci. Il vient d'acheter une maison
sise rue Mal-Palus; il présume que l'écurie qui tient à une autre maison , qu'un Boucher occupe depuis plusieurs années, lui appartient ;
il en demande la clef. Le Boucher dont le Propriétaire est un des
Commissaires précités , la refuse et l'envoie..... Je ne sais où. Il ne
s'avoue point pour vaincu ; il épie le moment que le Boucher sort,
se présente aussi-tôt , et demande à sa fille, *comme venant de la part de*
son Pere, cette clef qui lui fut refusée encore. Cependant il voulait , de
gré ou de force, habiter cette écurie ; donc une nouvelle tentative : il
se fait suivre par des Huissiers, et entre avec son escorte dans la boutique du Boucher. Celui-ci qui n'aime point de telles visites , commence par mettre les gens de Loi à la rue , et ensuite pousse violém-
ment Hermel , qui, en se courbant , faillit néanmoins tomber sur les
cornes d'un énorme bœuf , lequel se trouvait là avec autant de répu-

gnance , que *l'autre* mettait d'empressement pour pénétrer dans
l'écurie.

Ce grand événement , ou plutôt ce faible échantillon de son savoir
faire , me conduit à une réflexion que je crois juste ; c'est qu'il me
paraît qu'il a un goût démesuré pour les clefs quelconques ; et j'en
conclus que , si celle de la fameuse malle avait été aussi bien refusée et
défendue , il y a long-temps qu'on aurait vu le cinquieme et dernier
acte du procès des Créanciers contre lui.

(*i*). En effet, l'exécution de ce projet erre, ou, pour mieux dire,
se trouve englouti dans le gouffre des suppositions avant qu'il
eut une ombre d'apparence. Il n'était question, dans celui que j'avais
en vue, que d'une grande entreprise dont je prévoyais dès long-temps
les conséquences, que tout m'annonçait devoir être heureuse au-delà
de toute attente ordinaire ; et c'étaient de riches Banquiers de Paris et
ailleurs , qui, d'après mon plan , se seraient vus à la tête de cette même
entreprise dont ils avaient saisi l'idée. Le sort en a décidé autrement.

Peut-être mon Avocat aura-t-il occasion de parler de ce projet lorsqu'il plaidera ma cause à la Cour d'Appel. Je compte sur lui , sur ses
lumieres , et qu'il ne négligera rien , pour m'aider à me débarrasser de
ces maudits quarante cinq mille francs dont la non existence n'empêche point que ma liberté court les plus grands risques ; et elle m'est
trop chere pour me la laisser injustement ravir.... Par qui encore ,!
il faudrait être l'insensibilité personnifiée pour ne point s'indigner à la
seule idée que la porte de la prison m'est déjà ouverte , et où un
Hermel m'attend avec une impatience telle, qu'il en crevera peut-être.
Que le bon Dieu à tout événement lui fasse grace.

Cependant , quand je considere de près cet acharnement de la part
d'un homme , sur qui le sentiment de l'indignation n'eut jamais aucun
empire , fait aux affronts, aux injures ineffaçables , cuirassé contre la
honte, surpris même dans une mauvaise position au sein d'une banque ,
où il tombe à genoux pour qu'on lui laisse au moins les mains vides ,
je m'imagine alors que cet acharnement ne provient que parce qu'il
me croit l'arc-boutant , l'ame du grand procès ; que parce qu'il est
convaincu qu'il le perdra, et avec lui *deux cents mille francs* et au-delà ;
que parce qu'il est frappé, aterré sur-tout , de cette décision accablan-
te , que je me plais à citer encore , d'un des plus célèbres Juriscon-
sultes, le Procureur Impérial de la Cour de Cassation , Monsieur
Merlin

Merlin enfin. *Que lorsque l'action publique réussit, l'action civile réussit aussi.* Hors de ces suppositions, je ne trouve point, dans le caractere d'Hermel, un motif qui puisse supposer une ombre de haine, un prétexte propre à légitimer, en aucune maniere, l'occasion qu'il a fait naître, qu'il provoque en tout sens, en me plaçant entre des vilains Recors, que la faim, qui permet tout, met en sentinelle, que je vois, sous mes fenêtres, attendre l'instant que je sorte pour tomber sur moi, et des souvenirs dont il aurait dû tout faire pour en effacer jusqu'à la trace ; mais l'intérêt !.... C'est son dieu. Le mien, c'est ma liberté, que je ne puis voir et souffrir à la disposition d'un frippon quelconque, à plus forte raison à la sienne. Que serait-ce si j'eusse voulu ne point me renfermer dans ce qui m'est personnel et qui concerne le grand procès, alors que je suis bloqué, écrire aussi, occuper mes momens de loisir forcés, d'après une liasse monstrueuse de Notes qu'on m'a remise, et dont on pourrait composer un gros livre ?..... Je n'ai voulu forcer ma paresse à sortir de son apathie que pour me défendre, pour écrire ce que je sais ; d'ailleurs,

» J'écarte des soupçons, *sans doute*, légitimes,
» Et je n'ai pas besoin de lui chercher des crimes «.

Il voudrait bien m'en trouver, lui ! Il fouille, il cherche, et finit toujours par découvrir quelque chose, ce qui me prouve, jusqu'à l'évidence, que jamais il ne me laissera en repos, que, sans cesse, il me mettra dans la nécessité ou de me justifier ou d'exposer en plein jour ce qui doit être enseveli dans la nuit du silence..... Je me vois à présent même dans ce dernier cas ; car on vient de me dire qu'il sait que je suis exilé ; belle découverte ! mais ce n'est point tout ; il est surpris, et ne peut pas concevoir que ce ne soit qu'à trente lieues ; et, tandis qu'il court à Paris pour s'éclaircir sur cette méprise, j'ai cru bonnement, plaideur, comme il est, de toutes les façons, se chargeant indistinctement des affaires qui lui sont étrangères ; j'ai cru, Dieu me pardonne, qu'il allait me faire assigner par son Huissier, avec injonction de m'éloigner encore de quelques lieues..... O ! pour cette fois, j'en aurais appellé en toute confiance à mes Juges compétens ; et j'aurais conclu, pour que la distance ne prêtât plus à ses exactes observations,

D

à ce qu'il leur plût ordonner que lui..... oui , lui-même , comblât le déficit.

Réflexion faite , je n'aurais point conclu ainsi ; et je me serais borné à les supplier qu'on me laissât à Rouen , quoique j'y sois enfermé comme dans une Citadelle , que des Recors assiegent , montre à la main , depuis le lever du soleil jusqu'à son coucher ; mais que le manque de vivres , durant l'hiver qui approche, me ferait évacuer , si je n'avais donné ma parole , que je tiendrai :

» Et ma *soumission* passera les limites
» Qu'à cet ordre sacré la nature a prescrites «.

Pour en revenir à mon furet-Adversaire , c'est toujours une nouvelle méchanceté insigne de sa part ; il sait combien une position comme celle où je me trouve , peut me préjudicier le jour du Jugement de mon procès ; position où il arrive quelquefois que l'on juge l'homme et non la chose ; qu'une punition morale , peut-être bien méritée , pourrait , quand on ignore ses causes , entraîner ou occasionner des malheurs ; que ma position me mettrait après dans l'impossibilité de réparer , il faut bien dire donc un mot sur cet événement , que j'aime d'ailleurs à me rappeller , malgré mon regret éternel d'avoir déplu à qui je suis entièrement dévoué , à qui je ne puis m'empêcher d'avouer qu'il a bien fait , et mille fois bien fait de m'imposer cette pénitence , eu égard au temps , aux circonstances : *il fallait être Lévite et passer son chemin , et non être Samaritain.*

Hermel ce mot peut-il vous suffire , pour mettre un terme à votre perversité? Voulez-vous savoir encore ce que j'écrivais alors à son Excellence , le Sénateur Ministre de la Police Générale ? J'y consens ; mais je me renferme dans cet extrait :

J'ai beau m'armer de patience ;
Mais qui ne la perdrait lorsqu'on est en prison ,
Où je me vois plongé sur un simple soupçon
Qui du mal n'a nulle apparence?
Et d'ailleurs qui ne sait qu'en cette occasion
Tout m'était étranger , hommes, motif, raison :

Ma démarche , en un mot , ne fut qu'une obligeance ;
Et comment refuser quand on a le cœur bon !

Je présume que cette explication sur les causes de mon exil devrait
même contenter la curiosité de ceux qui me cherchent querelle pour un
rien , dont ils tirent cependant des conséquences à perte de vue, et qu'ils
enveniment par leurs réflexions perfides : aussi comme tout me porte à
croire que quand on veut se défaire de moi , *n'importe comment* , on
pourrait bien , alors que tous les moyens leur paraissent bons , me
porter un coup de poignard , le seul que je craigne , quoiqu'il ne tue
point , mais qui mettrait mon esprit à la torture jusqu'au moment où
la vérité m'aurait justifié : je dois donc profiter de cette circonstance
pour renouveller ma confession de foi , et je n'ai besoin pour cela
d'autre chose que de rapporter ici la fin de cette même lettre :

Je suis ce que je fus , et tel que je veux être ;
De l'Etat à jamais le zélé Serviteur,
Soumis , respectueux.... idolâtre d'un Maître ;
   Et fier de vivre sous sa loi ,
Si je suis son sujet , il est un Dieu pour moi.
   C'est assez me faire connaître ,
Alors qu'on a d'ailleurs des garants de ma foi ,
Des services rendus , tels qu'on n'en rend peut-être ;
Et dans quel temps encor !.... Vous savez bien pourquoi.
Ils ne sont point souillés d'aucune récompense ;
J'aurais craint , quoique grands , par-là les avilir :
C'est ainsi que j'agis , c'est ainsi que je pense.
   Enivré de ce souvenir,
Peut-être aurais-je dû dans cette circonstance,
Pour que tout conspirât au gré de mon désir ,
Dire ce que j'ai fait , rompre enfin le filence ;
Ou du moins rappeller cette correspondance
Qui d'un complot affreux dut détourner les coups ,
Dont le Chef de l'Etat eut dès-lors connoissance.
Mais je veux tout devoir à la reconnoissance ;

J'aime ce sentiment, dont je suis si jaloux
Que pour lui je me sacrifie ;
Et , pour qu'il n'ait jamais nulle borne pour vous ,
Ordonnez , Monseigneur, qu'on me rende à la vie:
Existe-t-on sous les verroux ?

Moins encore sous ceux de Saint-Lo , où toute considération au
dehors vous abandonne , et où souvent votre vue est frappée de
celui-là même qui vous y retient. Il me semble déjà voir Hermel jouir
d'avance du plaisir de m'y contempler ; mais je tâcherai de lui épargner
cette visite ; en me précautionnant contre ses charitables intentions ,
jusqu'au jour qu'un Jugement de la Cour d'Appel , où siegent mes
Juges compétens , m'aura débarrassé de ses poursuites.

En attendant je vais arranger et classer exactement un amas de
matériaux , propres pour le grand Mémoire de cinquante Créanciers
qui paraîtra incessamment. Et comme ce ne sera point , si je puis me
servir de cette expression , une *Macédoine* , ainsi que ce que je viens
d'écrire à la hâte, j'y renvoie les pieces justificatives à qui elles appar-
tiennent.

Pour que rien ne manque au titre nouveau que je donne à cet Ouvrage , auquel je n'aurais jamais songé s'il n'eût fallu me défendre ,
n'importe comment , il faut bien que la fin corresponde avec le texte
par le rapprochement des extrêmes. J'ai commencé par un Exploit,
je vais finir par ma Chanson favorite dont heureusement je suis le
précepte , afin de n'envisager le malheur que comme un jeu de la
vie humaine.

MA VIE D'UNE ANNÉE, OU COMPTE RENDU.

A I R : *de la Pipe de Tabac.*

DAns mon exil, dans ma disgrace,
Le vin m'aide à couler mes jours :
Du mal il efface la trace
Que l'eau me rappellait toujours.
Des débris du dernier naufrage
Je me suis construit un Caveau ,
Où , malgré tant de jours d'orage ,
Jamais n'entre une goutte d'eau.

Pour éteindre un ordre sévère
Le vin submerge mon esprit :
Là , souvent je bois à plein verre
Au nouveau Dieu qui nous régit.
Mais pour ses Saints je les oublie ,
Ils m'ont fait, morbleu, trop de mal !
De leur coupe , jusqu'à la lie ,
J'ai bu le breuvage infernal.

La mémoire qui s'évapore
Revient après avoir dormi :
S'il fallait les servir encore ,

Aux mille diables mon oubli.
Qu'importe à moi l'ingratitude !
Le vin l'embellit à mes yeux,
Alors que dans la solitude
Bacchus m'accompagne en tous lieux.

Des soucis qu'escorte la crainte,
Dieu merci , je sais m'affranchir:
Je bois sans cesse sans contrainte ,
En vivant comme il faut mourir.
Tous les jours l'aurore m'éveille ;
Tous les soirs j'attends son retour,
Pour reprendre en main la bouteille:
Ma compagne de chaque jour.

Comme en marchant sous ta Bannière,
Bacchus, tu recules le temps !
Je sens qu'au bout de ma carrière
J'ai la vigueur de mon printemps.
Quand ta liqueur enfle mes veines,
Elle électrise mon cerveau,
Et fait évanouir mes peines
A la vapeur de mon tonneau.

Quand j'entends gronder le tonnerre,
Précurseur du Dieu des combats,
Pourvu qu'il épargne mon verre
Je redoute peu ses éclats.
Que l'Univers quand je chancèle,

Alors qu'il s'ébranle en tous lieux,
M'enveloppe dans sa querelle,
Peu m'importe : j'en boirai mieux.

Que craindre ?.... D'ailleurs dans la tombe
Tout à la fin court s'engloutir !
Destin, s'il faut que je succombe,
Que ma mort ne soit qu'un plaisir !
Fais, avant que mon œil se ferme,
Que, sans Prêtres, sans Corbillard,
Le vin en flots me porte au terme
Où l'on arrive tôt ou tard.

Signé, TASCHEREAU-FARGUES.

A ROUEN, de l'Imprimerie de FERRAND l'aîné, rue neuve Saint-Lo,
Nº. 16. 1808.

www.ingramcontent.com/pod-product-compliance
Lightning Source LLC
Chambersburg PA
CBHW061615180626
46818CB00005B/2089